지평선에 서서 다시 수평선을 바라볼 때

조용히 곁에 머물던 오늘은

해 지는 노을로 손을 내미네

낯선 여행지의 몸무게

낯선 여행지의 몸무게

인쇄 · 2020년 7월 20일 | 발행 · 2020년 7월 30일

지은이 · 하재영
펴낸이 · 한봉숙
펴낸곳 · 푸른사상사

주간 · 맹문재 | 편집 · 지순이 | 교정 · 김수란
등록 · 1999년 7월 8일 제2－2876호
주소 · 경기도 파주시 회동길 337-16 푸른사상사 2층
대표전화 · 031) 955－9111(2) | 팩시밀리 · 031) 955－9114
이메일 · prun21c@hanmail.net / prunsasang@naver.com
홈페이지 · http://www.prun21c.com

ISBN 979-11-308-1690-0 03810
값 13,500원

이 도서의 국립중앙도서관 출판예정도서목록(CIP)은 서지정보유통지원시스템 홈페이지(http://seoji.nl.go.kr)와 국가자료종합목록 구축시스템(http://kolis-net.nl.go.kr)에서 이용하실 수 있습니다. (CIP제어번호 : CIP2020030240)

낯선 여행지의 몸무게

하재영 기행시집

페루 볼리비아 칠레 아르헨티나 브라질

| 시인의 말 |

시를 맞으러 떠난
남아메리카
페루, 볼리비아, 칠레, 아르헨티나, 브라질

시는
송이송이 함박눈처럼 소담하게
별 쏟아지는 화안함으로

그것들
한 아름
품에 두었기에
행복한 여행이었다

2020년 7월
하재영

| 차례 |

볼리비아 *Bolivia*

칠레 *Chile*

아르헨티나 *Argentina*

브라질 *Brazil*

페루

Peru

경유지

철새가 곁에서 날고 있었을 것이다
마추픽추, 나스카, 우유니, 이과수 폭포, 우수아이아, 리우데자네이루
그곳 남미로 가는 직항 비행기는 없었다
남의 나라 땅 경유지 미국 댈러스에 들렀다가
너댓 시간 머무르며 스쳐간 얼굴을 뒤적였다
그래도 행복했다
우리나라를 찾는 철새들이
다음 장소로 비행하듯
남미로 가는 부푼 꿈을 어둠 위에 띄우며
철새 날아가는 길 한편에서
어쩌면 만났을지도 모를 도요새를 생각했다
아무것도 먹지 않고 일주일을 날아간다는
남반구 땅에서 우리나라를 거쳐 알래스카까지 간다는
600그램의 몸무게가 반으로 줄어든다는
그런 도요새의 비상을 종종 꿈꾸며 하늘을 올려보았다
환승 경유지에 들러
다시 날아가야 할 하늘길을 짚어보며
앞으로 몇 번 그 먼 곳까지 날아갈 수 있을지
화려하여 피곤한 먼 먼 길
경유지를 거쳐야 갈 수 있는 영토
철새의 마음을 배우며 가는 하늘길

자기소개

무명 시인이라고 소개했다
전국에서 모인 스무 명도 안 되는 일행 중
남아메리카 큰 땅 먼 땅 긴 여행을 시작하며
자기소개를 할 때
얼토당토않은 영토에 떨어진
민들레 씨앗처럼
내가 시를 쓰고 있다는 것을 아는 사람은 하나도 없었다
백석의 시를 공부하며 천 편의 시를
천 권 이상의 시집을 읽으며 썼어도
무명 시인임을 증명하는 일이기에
난 당당하게 무명 시인이라고 이야기했다
일행들이 놀란 표정으로
기립 박수를 했다

키스하는 여인

Miraflores, Parque del Amor

풍만한 남녀가
시간의 흐름을 한 곳 초점으로 모으고
부둥켜안고
사람들이 쳐다보는 것도 무시한 채 입술을 맞추고 있다

파도 소리 들리는
페루 리마 라르코 마르 해안가였다

태평양을 배경으로
끊임없이 들리는 파도 소리는 색소폰 소리 이상이었다

낮은 위도 위 태양은
나무들의 그림자를 풍만하게 만들고
그늘에서 쉬던 나도
그들처럼 리마와 입맞출 수밖에 없었다

PARQUE DEL AMOR
BRANQUIAS QUISIERA TENER
POR QUE ME QUIERO CASAR
MI NOVIA VIVE EN EL MAR
Y NUNCA LA PUEDO VER
RAFAEL ALBERTI
EN LAS CIUDADES
NO HACEN
MONUMENTOS
A LOS AMANTES
ANTONIO
CILLONIZ
CONJUNCION
DE LA CARNE
Y EL ESPIRITU
ESO ES EL AMOR
PERCY
GIBSON
ESTA SERA MI VENGANZA

성 프란치스코 성당과 수도원

Iglesiay Convento de San Francisco

페루 리마에 있는 많은 성당 중에서도
아르마스 광장 옆 대성당, 대통령궁을 둘러보고
가장 아름답다는 성 프란치스코 성당을 찾았을 때였다
성당 앞 넓은 마당에서는
평화와 상관없는 비둘기들이 살고 있었다
그들의 유전인자 속에 숨은 평화는 박해고 수난이었다
원주민들과 침략자들 사이
시간은 칼날보다 무섭게 날을 세웠고
과거의 미래는 과거가 되어 모든 것을 덮어두며
새 세상은 두 손 모으는 십자가 앞 기도 안에서
눈에 보이지 않는 저쪽 멀리 있었다
단체 관람으로 이어지는 방과 방의 문지방 사이
해설사는 일층 꾸이 요리가 그려진 최후의 심판 벽 그림을
토착화된 종교의 상징성으로 설명하고 있었다
나이 먹은 수도원 도서관에는
오래된 생각들이 무채색을 덧칠하며 정숙하고
유골이 쌓인 지하묘지는
역사의 깊이를 떠나 영혼이 조금씩 녹슬고 있었다
라면발처럼 꼬불꼬불 생뚱맞은 출생과 죽음의 악수가
무엇을 가르치기 이전에 존재하는 곳
접었다 폈다 날개로 글씨를 쓰는 비둘기가
날개로 종소리를 울리고 있었다

바예스타섬

Isla Ballesta

섬은 으레 파도를 곁에 두고
그것으로 얼굴을 닦고
그것으로 귀를 씻고
찾아주는 손님들도 그러하길 바란다
바예스타섬
페루 와카치나 오아시스로 이동하기 전 들른 태평양 동쪽 끝
나무 한 그루 보이지 않는
섬
바예스타섬으로 가는 배에서
바람으로, 햇살로 얼굴을 씻는다
새들과 바다사자들이
똥 위에 똥을 누어도 불편함이 없는 섬
내가 밤마다 보는 별보다
수천 배 많은 새들과
낮이면 만나는 아이들 수보다 많은 바다사자들이
표피처럼 섬을 둘러싸고 있는 섬
가고 오는 도중
삼지창처럼 생긴 높이 181미터 지상화(地上畵)
촛대 문양(El Candelabro)에
환한 불을 걸고
새들 날아가는 바른 방향을 알려주어
하늘을 배경으로 새들 맘껏 춤을 추게 하는

와카치나 오아시스

Huacachina

모래들이 푹푹 발목을 적시는
그곳은 즐거운 사막
그곳에서 절필을 선언하는
마른 모래들의 손끝을 보았다

해는 또다시
천천히 피를 토하며 빗장을 걸고

첫사랑 달뜬 모습으로
결연한 마른 모래들의 절필 안쪽
와카치나 오아시스
그가 쓴 젖은 시를 읽느라
밤이 가는 줄 몰랐다

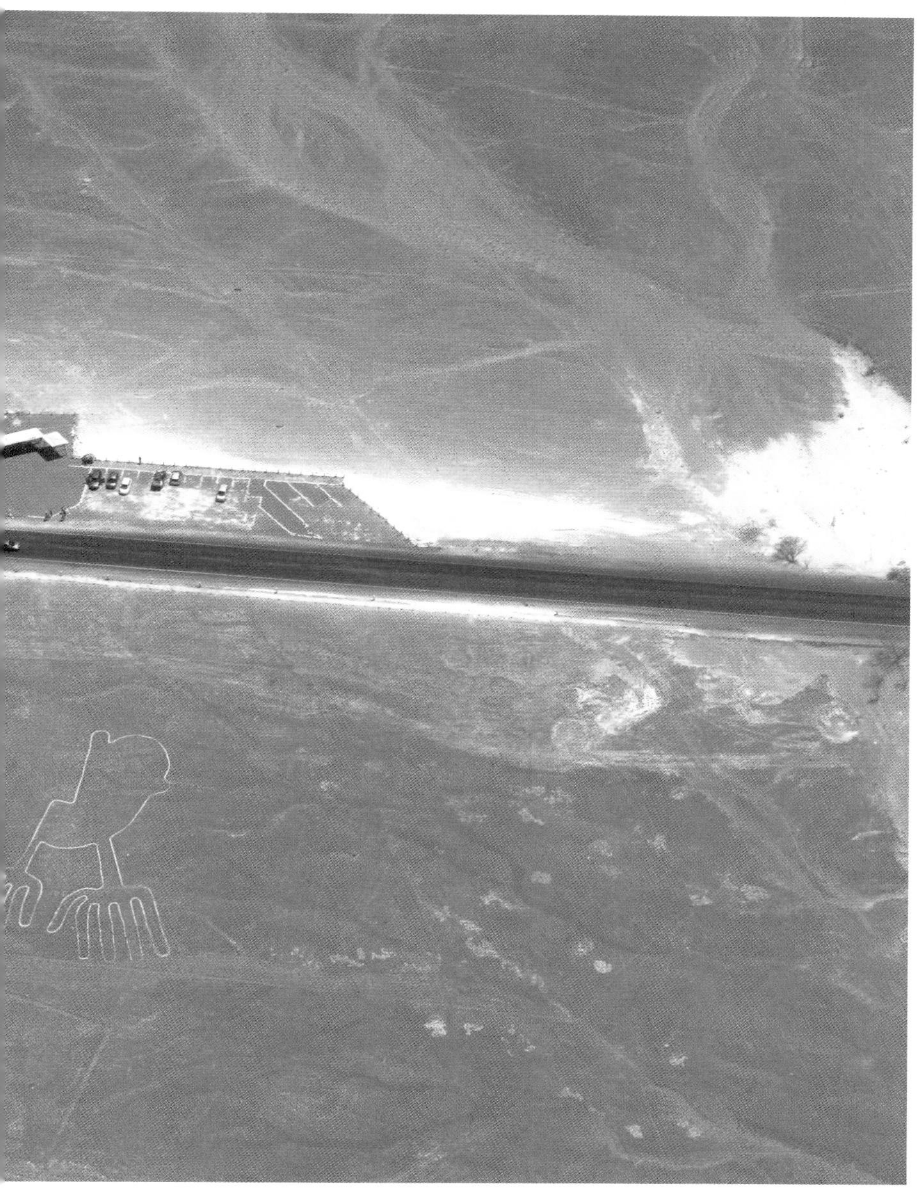

나스카 라인

Nazca Lines

너를 만나기 위해 하늘의 길을 밟는다. 모래자갈 한 알이 넓은 사막을 수놓듯, 나무 한 그루 모이고 모여 큰 숲을 이루듯 너는 건조한 땅 커다란 덩치로 이 시대의 상징을 숨기며 숨 가쁘게 달려왔다

너는 육하원칙으로 확인하는 오늘의 세계를 무시한 난해한 몇 권의 상형문자로 엮은 시집이다. 고래, 컴퍼스, 우주비행사, 삼각형, 원숭이, 개, 콘도르, 거미, 왜가리, 앵무새, 도마뱀, 나무, 손, 그러고도 더 보태야 할 다양한 지상의 그림으로 밤이면 먼 우주에서 송신하는 수천 년 전의 건조함을 수신하며 존재했다

너를 바라보는 몇몇 무늬의 깊이 가운데 팬아메리칸 고속도로는 이 시대의 새로운 무늬로 너의 흔적 일부를 훼손하여 네 몸에 피를 흘리게 하였다. 전망대 앞으로 보이는 나무 그림 한 그루 끊긴 상처를 경비행기 그림자가 슬며시 문지르는 것을 보면서 과거나 지금이나 사람의 무례한 몸짓에 얼굴이 붉어지며 입술에 침이 말랐다

고산증

해발 3,700미터에 당신은 고산증을 끌고 왔다
영차! 영차! 영차!
고산증에 좋다는 코카잎 차를 마시고 마셨지만
팽팽한 줄다리기에서 밀리기 시작한 당신의 온몸은
고도계가 가리키는 높이의 중력에서
헬륨 풍선처럼 공중으로 떠오르고 있었다
울렁거림으로 발을 옮기는 일은 천근만근
빼근한 기억력을 하나 둘 밖으로 던지며
가야 할 더 높은 유적지를 두 눈에 짊어지기 위해
두통과 산소통을 끌어안고 있었다.
폐부종이나 뇌부종으로 가지 않기 위해
생전 먹어보지 않았던 비아그라도 먹고
이목구비를 볼 수 없는 고산증 옷을 벗기며
호미걸이, 엉덩배지기 끙끙 씨름하고 있었다
대한민국 백두산보다 한참 높은
안데스산맥 도시 쿠스코에서

쿠스코 12각돌 아래 생각을 괴다

해발 3,700미터 도시 페루 쿠스코
잉카 제국 전성기 때 황금 궁전이었다는 코리칸차(Coricancha) 위
정복자 피사로가 아타후왈라 잉카 왕을 죽이고 세운
내가 들어가 조용히 기도도 드린 산토 도밍고 성당 옆
천천히 걸어걸어 아르무스 대성당 옆 골목으로
사람들 발길은 끊이지 않았다
끊기지 않는 발걸음 따라 12각돌 안으로
돌에 각을 세워 돌담 만드는 일에 열중했을 석공
생김새 다른 돌을 고르고 만지고 옮기며
넌 저쪽, 넌 이쪽, 넌 나중에, 넌……
그렇게 아귀를 맞추기 위해 흘린 땀방울이
바람 불지 않도록, 물 새지 못하도록
신소재 물질 같은 형태로 다듬어 틈을 메웠다
찾은 사람들이 가장 가까운 곳에서
한 각 한 각 열두 각 각을 세며 과거로 빨려 들어갈 때
잉카인 독특한 상징 언어 퀴프*엔 매듭이 늘어났다
순수, 평화, 돈을 상징하는 하얀색 아래위로
태양, 황금, 영원을 드러내는 노란색이 자리 잡고
피와 전쟁의 빨간색은 돌 밑 깊이 묻어두고 싶었다
이렇게 색깔로 표시한 퀴프 언어로
쿠스코 명품 12각 돌은 둘레돌들과 스크럼을 짜고
느린 걸음으로 세기를 건너뛰며

'미래로, 먼 미래로'란 부력 같은 명령어를 외치며
현재진행형으로 부양 중이다

* 퀴프 : 잉카인이 한 가닥 끈에 여러 가닥의 끈을 직각으로 매달아 의미를 갖게 한 표시.

돌계단

불어오는 바람 속에 너의 살 냄새가 숨었다

사랑이란 말 하지 않았지만 발길은 움직였고

산을 배경으로 살아가야 하는 삶의 그늘에

옥수수 이파리처럼 푸른 더위는 오고 왔다

돌계단 한 칸 한 칸 디디고 올라가는 일은

그리움을 눈 밖으로 보내는 일이다

마음을 따라오지 못하는 육체의 시간을

깊은 우물 두레박으로 당기고 올리며

돌계단을 밟고 밟으며 과거로 찾아가는

사크사우아만, 켄코, 오얀타이탐보, 마추픽추

물을 굳게 고체로 만든 것 같은 바윗돌이

모든 유적들 자리에서 팔매질로 별을 딴다

살리네라스 데 마라스

Salineras de Maras

소금 한 자루 한 자루 층층으로 쌓아놓았다
간수를 빼고 있는 중이다

맛의 결정을 가늠하기 위해
찾는 소금밭은 너무 멀었다
비탈 작은 밭에 붓 한 자루 끝으로 쓰는
물길이 쓰는 선명한 흰색 글씨
명필 맛을 보기 위해
산을 넘고, 산을 넘고, 산을 넘었다

꽃이 피길
마음 꽃이 피길 기다리며
햇살 맑은 하늘을 읽으려 노력했다

손바닥에 고인 고된 노동의 손금으로
건진 알갱이 소금들이
한 송이 한 송이 꽃으로
산비탈을 금빛으로 수놓았다

마추픽추 나무

그것은 아득한 거리에 숨어 있는 사랑이었네
잉카인들 삶의 무늬 부드럽게 넣었던 바윗돌은
비바람이 닦는 오랜 시간에 반질반질 보석으로 숨을 쉬고
먼 은하에서 막 착륙한 우주인 모습으로
작은 우산을 펼치고
아득한 거리 구름안개 뭉개며 찾은 공중 도시 마추픽추는
두꺼운 문 단단히 걸고 짙은 사색에 잠겨 있었네
세계 곳곳에서 찾아온 여행자
떨어지는 구름 빗방울을 또 다른 인연으로 여기며
날씨 맑은 후일 다시 찾을 수 있을까?
미래를 떠올리며 좁은 비탈길을 밟고 밟았네
찰흙 주무르듯 바위를 매만진 잉카인의 손길
태양의 신전 앞 나무 한 그루
허공 높이 곧게 올리고
망지기*에서 태양 신전, 달 신전, 콘도르 신전으로 걷는 거리를
태양에서 지구, 그리고 달까지 거리라고
시계 방향으로 잉카 흔적 더듬으며 걷는
낯선 방문객을 바라보며
구름안개 저편 숨은 잉카의 속살 이야기
조근조근 빗방울로 들려주고 있었네
밝은 태양 밑 그림자를 신전 위에 그을
마추픽추의 키 큰 나무 한 그루 해시계로 머물며

가지에 푸른 바위 종 하나 단단히 걸고
잉카의 소리 은은히 울리고 있었네

* 망지기 : 공중도시 마추픽추를 조망할 수 있는 전망대.

구름들 안에서 햇살을 기다리며

예사로 일어나는 일일 수도 있다는 생각이 들었어요
내가 본 마추픽추 사진은 맑은 날 찍은 것들이 대부분이었어요
당연히 그럴 것이라고 생각했던 것이 잘못이었어요
기차가 멈춘 아구아스 칼리엔테스(Aguas Calientes) 마을
종착역 철길을 적시는 빗방울을 보면서
그 빗물 호텔 옆 우르밤바 거센 강물로 흐르는 물줄기를 보면서
어쩌면 구름은 발아래 멀리 있을 수 있다는 생각을
활주로를 이륙한 비행기가 어느 순간 구름을 아래에 두듯
해발 2,400미터 마추픽추에 오르면
해발 2,800미터 와이나픽추에 오르고 오르면
그곳에 맑은 날이 펼쳐질 수도 있겠다는 생각을 했어요
스치듯 지나가는 나와는 다른 유색인종의 발길 앞으로도
빗방울은 거센 바람과 장난치면서 비옷을 적셨지요
이따금 비가 오는 것은 좋은 일이잖아요
맑음과 흐림과 비 옴의 경계를 선명하게 긋지 못하는
그런 것이 우리들 삶의 한 단면이잖아요
지칠 줄 모르고 올랐다 내려오는 순환 버스를 타고
마추픽추 입구까지 가면서도 구름과 빗물은 한 몸으로
오래전 유적 마추픽추를 구름 주머니 속에 숨겨두고 있었지요
여행에 비가 오는 일은 참 슬픈 일이란 것을 깨달았죠
예사로 일어나지 않는 일이 지금 일어나고 있다고
입구에서 여권과 입장권을 보이고 공중 도시에 들어서선

'할 수 없지. 뭐'로 생각을 바꾸며 와이나픽추로 향했죠
오전 200명, 오후 200명 하루 400명만 입장 가능하다는
와이나픽추 입구에서 이름과 국적을 적고 가파른 길을 오르면서
산 밑 마을도, 지그재그로 뚫린 길도, 공중도시 마추픽추도
저 아래 구름 자루 속 꼭꼭 숨어 있음을 확인했지요
그 구름 와이나픽추 산정에도 있음을 알면서
내려올 때 햇살이 쨍 빛날 것이라고 생각했지요
그게 사람들이 내일을 기다리는 희망으로
그 의미 산 위에, 마음에 햇살처럼 머물고 있었지요

꾸이 스테이크

늦은 시각 페루 쿠스코에서 저녁으로 먹으려다
못 먹은 꾸이 고기를
해발 3,800미터 티티카카 호수 우로스섬을 구경하고
푸노의 한 식당에서 스테이크로 주문했다
쿠스코 중앙 성당 벽화로 걸어놓은 〈최후의 만찬〉
식탁 위 가운데 놓인 꾸이를 한참 들여다보면서
나는 유다인가 아니면 요한인가 아니면 구경꾼인가
고산지대에서 식탁을 풍성하게 했을 꾸이
한밤 천정에서 우당탕탕 소란을 피우던
쥐와 비슷하다는
어린 시절 하교하면서 뜯은 풀을
먹이로 주었던 토끼와 비슷하다는
그래서 먹기 힘들다는
쿠스코에서 마추픽추로 가는
길가 많은 가게에서
눈요기로 보았던 꾸이 고기를
페루 떠나면 못 먹어 아쉬울 것 같아 주문하고
군침을 다시며 기다렸는데
접시에 담겨 나온 꾸이 요리
먹으려고 한쪽 야채를 드는 순간
꾸이 머리가 나를 확 할퀴며 달려들었다
술 한 잔 곁들여 살코기만 살금살금

오랫동안 기억에서 지워지지 않을
해발고도 높은 페루의 꾸이 요리

오늘

오늘은 내일보다
하루 더 젊은 날

낯선 여행지에서
오늘이란 말은
사방에서 다가오는 폭죽을
박수치며 기쁘게 맞이해야 할 일

오늘은
어제보다 하루 더 높은 곳에서
세상을 넓게
감사하게 바라보는 꽃구름

티티카카 호수

Lago Titicaca

페루에서 볼리비아로 가는 길에 들른 티티카카 호수
일정은 으레 일정대로 진행할 수밖에 없는 장거리 긴 여행
페루 푸노에서 하루를 묵으며
배를 타고 우로스섬을 방문하면서
세상엔 섬이 한두 곳 아님을 우리는 깨닫고 있었다
누군가 자신을 섬이라고
당신도 한때는 섬이었다고
외톨이로 살아갔던 사람이 그런 말을 하였다
페루 푸노에서 해 뜨는 동쪽으로 볼리비아가 있고
볼리비아 코파카바나(Copacabana)에서 해 지는 서쪽으로 페루가 있고
내일은 우리가 국경을 넘어 볼리비아 라파즈로
티티카카 호수를 한참 바라보며 움직이는 즐거운 일정
모든 것이 시작되고 태어났다는
태양의 아들딸 망코 카팍(Manco Capac)과 마마 오크요(Mama Ocllo)
잉카 전설이 안데스산맥 한쪽에서 깃발처럼 펄럭이는 곳
그 신화 빛나는 태양의 섬이 함선처럼 출발하는 티티카카 호수
낮은 세상으로 흐르고 흐르는 물의 길 중
해발 3,800미터 세상에서 제일 높아 더 이름난 곳
세상에서 제일 높은 천상의 호수

노을

동그라미로 만들 수 있는
모든 글자들이
모이고 모여
굴러가고 있다
동글게
둥글게

볼리비아

Bolivia

!

여덟 잎이든
다섯 잎이든
여행지가 꽃이 된다

꽃잎
한 장 한 장
'아!'

세상천지
내 앞에 있는
너도
!

베레모

남미 여행을 꿈꾸게 한 것 중 하나는
당신의 베레모
당신 삶을 기록한 평전을 읽으며
곡진 삶의 굴곡을 넘는 가난과 핍박과 착취의 독재 현실에
자유와 평등과 박애 그리고 투쟁은
내 젊은 옆구리에 오토바이 핸들을 잡게도 하였다
비 내리는 볼리비아 라파스로 들어서며
세계에서 가장 높은 지역에 있는 수도란 것을 생각하기 전
커브 머리 길가 서 있는 당신 얼굴 보면서
당신 생의 마지막 자리였던 곳이
볼리비아 숲속 어느 곳이란 것을 떠올렸다
굵은 빗물 흐르는 차창으로
별 하나 단 베레모 쓴 당신은 다시 곁으로 다가와 앉고
아직도
궁핍과 고통 받는 사람의 땅이 넓은 세계를 누비며
당신의 지칠 줄 모르는 혁명 정신은
거대 자본 반대편에서 줄을 잡고 이영차 이영차
히스패닉 아메리카를 꿈꾸는
서사와 혁명의 아이콘이 되었다
서른아홉, 그 아홉수를 넘기지 못한 생으로
지구 종말 전까지 정글을 누빌 당신은
아직도 꿈의 베레모를 쓰고 총을 들고

엘 알토

El Alto

하늘을 분명 천국으로 믿었다
하늘과 가까운 해발 3,800미터 볼리비아 라파스에서도
200여 미터 더 높은 엘 알토에서 사방을 둘러보며
도시를 배경으로 사진을 찍을 때
하늘은 천국처럼 푸르렀다
총총 거미줄처럼 길들을 붙들고 있는 산동네 붉은 집들이
사진의 배경으로 들어오는 아름다운 곳에서
원주민 모습은 보이지 않고
긴 케이블카는 도시 낮은 지역에서 높은 곳으로 움직였다
가난을 옥수수 알갱이처럼 붙들고
비탈을 걸어야 하는 사람들이 창문을 내면서
더 높은 하늘을 올려보고
물처럼 아랫동네로 내려가는 법을 배우려
옹기종기 이웃으로 살아가는 그들의 모습이
총총 별로 떠서 엘 알토 주변을 채우고 있었다

BOLIVIANA
VillaSanta
POPULAR
POLICIA

기차무덤

Cementerio de Trenes

순 거짓말이었다
폐차장을 기차무덤이라니?

땅덩어리 넓은 사막 한 구석 녹슬어가는 기차 몇 량
그래 그거였어
〈은하철도 999〉에 등장했던 상상 속의 기차도 있을 것 같은
지상에서 가장 긴 시베리아 횡단열차도 생을 마감하며
지구상 명당이라고
대륙 건너 그곳에 묻어달라고 유언을 남길 것 같은

안데스산맥 알티플라노고원을
광석을 싣고 먼 먼 바다 철길 끝나는 항구까지 달리던 기차들이
철로를 잊어버리며 달리기를 멈추고
녹슨 바퀴를 땅속에 조금씩 묻어가는 곳
서서히 사막의 일부로 쇠들이 나이를 먹어가는 곳
멋진 기차무덤이라고
사진 몇 컷 쇳소리 나게 찍고 가는 곳

칼무덤, 물무덤, 책무덤, 총무덤, 기억무덤
무덤이란 멋진 명칭을 뒤에 붙이고
그럴싸한 상상력을 갖게 하여

이야기를 폭죽으로 터뜨리는 곳

평행으로 이어지는 철길 양쪽으로
아슴아슴 옛날이 걸리는 곳
볼리비아 우유니 사막 기차무덤

우유니 소금사막

Salar de Uyuni

환상의 세계죠
그곳 도착하기 전날
우중충한 비바람 속에 점심을 먹으며 우유니 소금사막을 상상했다
아름다운 동화 속으로 빠져들 것이란 예감이
이마를 때리는 빗방울에 붙어 있었다
무지개처럼 떠 있는 환상 몇 개 빗방울 저쪽
종이비행기로 날렸다
오래전 오일장이 열리는 장날
시장에 가신 어머니는 맛있는 것을 많이 사 올 것 같았다
그게 무엇이었을까?
단 것이 많이 들어 있을 것 같았다
국민소득 3천 불 정도라는 볼리비아
내 어린 시절 모습이 삘기처럼 자꾸 뽑혔다
늙은 엄니가 요양병원에서 무한 리필 텔레비전으로
먼먼 나라 볼리비아 풍경을 보았을지도 모르는
그곳 소금호텔에 짐을 풀고
찰랑찰랑 물이 넘칠 것 같은 소금사막에서
고무줄놀이, 구슬치기, 그림자놀이, 공중뛰기……
호수인지, 사막인지, 하늘인지, 천국인지
경계 모호한 수면에서 장화 신고 놀고 놀았다
중천에 있던 태양이
서으로 서으로 넘어가며
내 그림자로 소금물을 쓸고 있었다
짭조름한 하루였다

동심

제주도에서도, 청주에서도
대한민국 곳곳에서 떠난 낯선 사람들이
우유니 소금사막에선
동심으로
동심원을 그린다
세속적인 것
하나 둘 셋 지우면서
남녀노소
손을 잡고
공룡의 입으로 들어가고
통조림통 안으로 들어간다
죄가 없는
그럴 수밖에 없는 풍경이다

별을 삼키다

시를 쓰는 일은 낮에 별을 찾는 일이다
별을 보러
우유니 소금사막을
아침부터 찾았다
별은 보이지 않았다
그날 밤
다시 우유니 사막을 찾았다
속살 드러낸 여자와 남자가
까만 하늘에서
뒹굴고 있었다
물 깊은 곳에서
여자가 내는
짠 소금빛 소리
찰랑찰랑 퍼졌다
시를 다듬는 일은
밤에 별을 만지는 일이다

까만 사진

아주 먼 우주에서 오는 빛의 감도를
핸드폰 카메라로 잡을 수 없어
아주 먼 우주에서 오는 빛의 소리를
두 귀는 들을 수 없어서
까만 사진 파일을

태평양 건너 벗에게
보냈을 때

"참 별이 아름답네요"

그런 답장이 올 것 같은
떨림으로 있는
우유니 소금사막 밤하늘

별을 노래하던 마을

할아버지와 함께 사는 시골집 밖 마당에 멍석을 깔고
곰방대에 쌈지담배 말아 하늘을 올려다보는 할아버지를 따라
올려본 하늘엔 굵은 별들이 사탕처럼 손에 잡혔다
어느 별나라에선 졸음에 겨운 아이의 눈동자로
고개를 끄덕거리며 쏟아지는 잠의 무게를
깜박깜박 곰방대 담뱃불처럼 반짝이고 있었다
태평양 건너 남아메리카 볼리비아도
인도양 지나 아프리카 나미비아도
하물며 아시아에 있는 캄보디아나 태국도 몰랐던 어린 시절
산 넘어 이웃 마을 가는 일도 별을 찾는 일이었고
전깃불 들어온다는 도시는 더더욱 큰 별이었다
코피 터지며 자라고 자라 어른이 되어
오랜 시간 비행기를 타고 도착한 곳에서도
버스를 타고 도착한 남아메리카 볼리비아 안데스산맥 자락에서
20세기가 21세기를 맞이하면서
19세기를 역사의 현장으로 이야기하듯이
어린 시절 시골 하늘 별들을 떠올리며 기억하는 별빛들이
몇 세기 전에 우주에서 출발한 빛이라는 것을
어떤 것은 내가 태어날 무렵 떠난 의미란 것을
떠올리고 떠올리며
과거의 별을 한 움큼 마음밭에 거두고 거두었다

어린 왕자

'나는 아직 너하고 놀 수 없어.
나는 길들여지지 않았거든……'

외롭다는 어린 왕자 말에
여우의 말을 떠올린 것은
돌나무(Arbol de Piedra) 곁에서였다

시간의 풍상을 겪으며
다른 여행지로 이동하는 사람들
사진의 배경이 되어 사진 속으로 들어가는
아름드리 돌나무

'돌나무와 놀고 싶은데……
여행자들이 자꾸 방해해서……'

어린 왕자 앞의 여우처럼
돌나무와 한참 떨어진 곳에 머문 여우의
놀 수 없다는 말에
나도 어린 왕자가 되었다

홍학

알티플라노고원 호수에서
홍학이
고향 시골집 가는 길
하늘하늘 피어 있는 코스모스로
흔들흔들
가던 발길 멈추게

구름의 그림자

내가 그대에게 가는 길은 구름의 그림자를 찾아가는 일
먼 먼 나라 볼리비아 우유니 소금사막 투어를 마친 다음 날
이따금 라마가 길가에서 풀을 뜯고 여우가 귀를 쫑긋하는
먼 길 앞으로 줄줄이 설산도 보이는 고원의 숨 가쁜 길을
현지 가이드이며 지프차 운전기사인 카멜은
앞차가 일으키는 부연 먼지에도 익숙한 듯
불평 없이 일상처럼 세상을 달리네
물 고인 우유니 소금사막에서
이렇게도 저렇게도 어린 맘으로 폼을 잡으며 사진 찍을 때
하늘과 호수가 몸을 합치는 몽환적 분위기에 풍덩 빠져들었네
어쩌지 못하고 멍하니 풍경 바라보며 시간만 흐르게 할 때
소금 꽃을 피우던 태양은
붉은 놀 아래로 윤슬을 뿌리고 또 뿌렸네
어제의 그제의 그 풍경 담은 폰 속 사진 되새김질하며
낯선 여행지 해발고도를 높이며 찾아가는 저 앞쪽으로
새롭게 풍경을 만드는 서사(敍事)의 안데스 설산들
그리워했지만 아직 내가 이름 모르는 산이라네
해발 사천 미터 아래위로 이어지는 구불구불 긴 길 따라
오천 미터 넘는 산들은 성자처럼 구름과 눈을 걸치고
내가 그대에게 가는 길은
구름의 그림자 사랑 높은 그것이라네

간헐천

쥐불놀이 깡통을 돌리는 심정으로
떠난 자리로 되돌아가야 하는 긴 여행에서
구심력과 원심력은 끊임없이 내 몸을 당기고 민다
마그마가 펄펄 끓는 지구 중심에서 한참 떨어진 지표면으로
폭포처럼 내미는 수증기를 보기 위해
동쪽으로 남쪽으로 북쪽으로 서쪽으로
방위를 알 수 없는 곳으로
먹고, 자고, 보고, 이동하다 만난 간헐천
넌 숨 쉬는 고래를 닮았니?
지상으로 내뿜는 수증기 높이가
누군가의 손에 닿을 듯 닿을 듯
치솟다가 사라지는 모습이
지구 어딘가 있을
누군가가 주문한
보석을 세공하는 손길이다

창조

가 우주와
나 우주가 만나
다 우주가 태어나고
라 우주가 태어나고
나무 한 그루 헤엄치고
물고기 한 마리 걸어가고
내가 이 세상에 있고
지구에서 먼 우주
당신과
서로 바라보며 꿈을 꾸는 것

절리(節理)

욕망은 삶을 살찌우는 밥알 덩어리였다
황금 한 알 그러다가 몇 숟가락
명예 한 줌 그러다가 새 숟가락
그것들이 층층 욕심 덩어리로 절리를 이룬 도시에서
선을 넘고 넘어 새로운 절리 국경선을 바라보며
사탕수수나무에서 설탕물 짜듯
짜고 짰을 지난 시간은 영화 같은 덩어리였다
우유니 소금사막에서 출발하여
오이구에 화산(5,820미터)을 바라보며
먼지 뿌연 산길을 뒤뚱뒤뚱 덜컹덜컹 차는 달리고 달려
라구나 카나파, 라구나 에디온다, 라구나 온다, 라구나 차르코타, 라구나 라마디타스
물에 잠긴 산그늘에 머문 홍학과 야생 토끼와 소금알갱이
오랜만에 만나는 벗들 얼굴 마주 보듯 바라보듯
고산 롯지에서 별 한 아름 끌어안으며 잠을 설치고
리칸카부르 화산(5,920미터)을 보며
나무를 볼 수 없는 해발고도 오천 미터 가까운 거친 길을 가면서
세상의 절리를 다시 보았다
아래층을 받친 보이지 않는 흙과 바위
우리 가는 길을, 높은 산을 떠받치고
선을 그어 국경을 질기게 잇는 곳에 멈추어
세상은 어디든 누구든 각자 자기의 절리를 갖고
중심을 잡기 위해 존재한다는 것을

문장

좋은 시는 현학(衒學)의 문장으로 애매모호하게 하는 것이라고 믿는 사람이 있다. 멋도 모르면서, 맛도 못 보면서 난해한 문장의 오르가슴에 빠지는 즐거움. 그 문장의 표피에 빠지며 아낌없는 박수로 동급임을 과시하려 떠벌리는 추상의 친구여. 난해한 우주의 문장이여. 하늘의 별 별 별 반짝이는 영혼의 글씨로 찬란한 시구를 얻는 시인이여. 당신의 시 한 편이 적도의 하늘을 찌르는 설산의 은은한 문장으로 우리 곁에 서 있길 바라는 방랑자여. 위대한 시인이 쓴 한 줄의 시보다 영원을 가까이 두고 하늘을 향한 한 줄기 말씀으로 피어나길 바라는 간절한 욕망이여. 봄이여. 여름이여. 가을이여. 그리고 겨울이여. 시 문장이여

칠레

Chile

산 페드로 데 아타카마

San Pedro de Atacama

거친 사막을 거치며 볼리비아에서 마침표를 찍고
칠레 입국 수속을 까다롭게 받으며
태평양을 서편 저쪽에 두고
동쪽 안데스산맥 위로 해 뜨는 풍경을 볼 수 있는
칠레 산 페드로 데 아타카마로 가는 길은 내리막길이었다
간간이 자전거로 달리는 사람들 모습도
그지없이 황량한 모래들의 힘찬 근육도
안데스산맥 산봉우리 철학자 설경도
한두 줄 시구로 들어와 앉아도 괜찮고 편안할 풍경에
어도비* 벽돌로 집을 지은 산 페드로 데 아타카마 숙소에 들어서며
내내 고산증을 호소했던 동료는 심장이 떨린다고 했다
사막, 달의 계곡으로 가기 전
연중 비가 거의 오지 않는다는 산 페드로 데 아타카마에서
오늘 못 먹으면 평생 못 먹을 한 끼 식사를 찾아 헤매는 일은
연습용 우주선을 타고 우주를 유영하는 일
하늘에 서 있는 달을 식탁에 앉히는 일
세계 곳곳에서 온 방랑자들과
선풍기 날개 천천히 돌아가는 레스토랑에서
시원한 맥주 거품을 입술에 살짝 묻히며
벽면에 붙은 지도와 사진을 한참 봐야 하는

우리나라 면소재지 마을보다 작은 산 페드로 데 아타카마는
건조함 위에 다시 길을 뚫고 있는
길이 길을 덮으며 달의 표면에 착륙하는 전초기지

* 어도비(adobe) : 건조 기후 지역에서 석회질과 사질의 흙을 이용해 벽돌을 만들어 이용하는 건축양식.

휴게소

유체이탈을 꿈꾸는 영혼이
몸이 피로하여 잠에 떨어진 사이
육체 모르게 살며시 찾은 곳 아닐까
그날따라 햇살은 유난히 반짝이며
길가에 들꽃은 하늘거리고
그리운 사람 더욱 생각나게 하는데
잠결에 양들과 소들과 풀들을 꿈속처럼 바라보며
온종일 달릴 것 같은 버스에서 내린 곳은
출발한 지 두 시간 남짓 남쪽으로 달려 도착한
자그마한 시골 휴게소
손님 대여섯 들어서면 앉을 자리 없는 홀보다
주문한 따뜻한 커피 들고
밖에 놓인 의자에 앉아
그리움도 잊고 무념무상에 빠질 때
누군가 꿈 깨우듯
출발하죠
여행 후 잠에 깊게 떨어졌을 때
내 몸도 모르게
내 영혼이 잊지 않고 그곳 휴게소 찾아
낡은 의자에 한참 머물다
맑은 정신으로 되돌아와
새벽을 맞이하게 할 것 같은 칠레 작은 휴게소

파블로 네루다에게

당신의 조국 칠레 수도 산티아고에서
시가 썰물처럼 찾아오는 태평양 연안 발파라이스 세바스티아나로
검은 돌이 많아 검은 섬이라 칭한 이슬라 네그라로
내 발길 향할 수는 없었지만
세상 많은 시인들이 시를 쓰면서 발 디디는 산티아고에서
당신의 시는 썰물로 밀려왔지요
당신이 떠났던 좁고 험한 안데스 고산 산길에서
밤이면 부딪쳤을 유성들과 은하수를 마음밭에 얹히고
잿빛 하늘로 뒷모습 보이는
슬픈 민족의 전설 같은 발걸음 뒤로
인도, 스페인, 이탈리아, 아르헨티나, 멕시코……
그 모든 곳에서 당신을 사모하는 사람들은
당신을, 당신의 시를 끌어안았을 거예요
그것들이 다시 강물 같은 흐름의 시로 세상에 흘러
어디까지 가야 세상은 평화와 평등과 평상심의 세계에서
자유는 빛나고, 민주는 살찌우고, 사랑은 영원하고
눈물은 마르려는지
스페인 내전과 1차, 2차 세계대전
한국을 강점한 일본은 진주만을 습격하고
사용해서는 안 될 원자폭탄 떨어지자 항복하고
오리온자리 머문 남아메리카 여러 나라도 아픔을 주었지요
빈부격차는 아직도 당신 떠난 땅과 이웃 나라에 머물고

세상이 공평하길 기원하며
내가 시인이 되기 오래전 당신께서 초대한 편지
이렇게 뒤늦게 받아들고 당신 없는 칠레에 머물 때
독재 정권에 항거하다 아르헨티나로 탈출하며
안데스산맥 국경 근처 오두막집 벽에 썼던
"조국이여, 잘 있거라. 나는 이렇게 떠나지만 항상 너와 함께하리라"
당신은 지금도 칠레에 머물며 나와 동료들을 환영하고
우리는 당신의 시를 천천히 읽으며
평화를 기원하고 영원을 노래하며 시를 쓰고 있답니다

ERUDA
ario
ditori
Casa Museo / Museum House
La Chascona
Fundación
Pablo Neruda
Plano de Ubicación / Location Map
Cerro San Cristóbal
Casa Museo
La Chascona
Antonia López de Bello
Norte
PABLO NERU
Ode alla v
e altre odi eleme
Passigli Poes

산크리스토발 공원

Cerro San Cristobal

라 챠스코나 파블로 네루다 생가를 찾았던 발걸음으로
칠레 산티아고에서 한인들이 남산이라 부르는
산크리스토발 공원으로 향했다
낮은 산이든 높은 산이든 산은 굽어 있다
힘차게 걸어서 올라가는 여행 코스를
더 젊은 나이에 했어야 했는데 후회도 하며
긴 줄 꽁지에서 푸니쿨라 표를 끊으려 줄을 섰다
더디게 줄어가는 줄 뒤쪽으로
푸니쿨라는 더디 도착했고
칠레 수도 산티아고는 바쁘게 움직였다
푸니쿨라에서 내려 만난 이정표
며칠 전 다녀온 페루 리마까지 3,434킬로미터
며칠 후 가야할 아르헨티나까지는 1,298킬로미터
가고 싶은 멕시코까지는 7,357킬로미터란 표시가
수를 모르는 어린아이가 멍하니 바라보는 숫자처럼
나를 향해 질문을 던지고 있다
산티아고 시내가 보이고, 근육 단단한 안데스산맥이 보이고
독립 100주년을 기념하여
프랑스가 선물한 성당 위 성모 마리아상 앞에서 사람들은
세상의 평화를 위해 기도하고
작은 성당 안 빈자리 나오길 기다리다
누구를 위해 기도했는지도 모를 두 손을 모으고

천천히 내려오며
산크리스토발산 맞은 편 산타루시아산을 바라보았다.
낮은 산이든 높은 산이든
산은 땀방울을 샘물처럼 갖고 있다

산티아고에서 그물에 걸린 지명을 만지다

인천국제공항 출발, 미국 댈러스 경유, 페루 리마 호르헤 차베스 국제공항 도착, 리마 신시가지 미라플로레스, 센트로 구시가지, 파라카스로 이동, 바예스타섬, 아타카마 사막 이카, 와카치나 오아시스, 나스카 라인, 다시 리마, 쿠스코행 비행기 탑승 후 쿠스코(3,400미터), 사크사우아만, 켄코, 탐보마차이, 피삭, 우루밤바, 살리네라스, 오얀타이탐보, 아구아스 칼리엔테스, 마추픽추, 와이나픽추, 아구아스 칼리엔테스, 쿠스코, 푸노(3,850미터), 티티카카 호수, 우로스섬, 푸노

볼리비아 입국 수속 후 티티카카 호수 옆 코파카바나, 라파스, 달의 계곡, 우유니(3,653미터), 우유니 기차무덤, 우유니 소금사막, 라구나 카나파, 라구나 에디온다. 라구나 온다, 라구나 차르코타, 라구나 라마디타스, 아르볼 데 피에드라, 라구나 콜로라도, 솔 데 마냐나, 천연 온천, 라구나 베르데, 리칸카부르 화산(5,920미터)을 보며 볼리비아 출국

칠레에 발 디딘 후 산 페드로 데 아타카마(2,407미터), 달의 계곡, 칼라마 공항에서 비행기를 타고 산티아고 착륙 후 안데스산맥을 바라보며 그물에 걸린 지난 여행지 이름을 익숙하지 않은 것처럼 훑어본 다음 가야 할 곳도 지도를 펼쳐놓고 짚어본다

산티아고 공항 출발, 푼타 아레나스 공항 도착, 푸에르토 나탈레스, 토레스 델 파이네, 그란데 폭포, 페오에 호수, 파이네 그란데, 푸에르토 나탈레스에서 아르헨티나로 가는 국제 버스 탑승

아르헨티나 엘 칼라파테, 엘 찬텐, 피츠로이, 페리토 모레노, 엘 칼라파테 공항에서 우수아이아로 비행, 비글해협, 빨간 등대, 펭귄섬, 우수아이아 공항에서 부에노스 아이레스로 이동, 라보카, 산텔모, 레콜레타, 가우초 목장, 부에노스 아이레스 공항에서 푸에르토 이과수 공항으로 이동, 브라질령 이과수 폭포, 아르헨티나령 이과수 폭포, 악마의 목구멍, 포스 두 이과수 공항에서 브라질 리우로 날개를 펴고

브라질 리우데자네이루 공항 도착 후, 코파카바나 해변, 코르코바도 예수상, 대성당, 삼바 퍼레이드 경기장 등을 보고 리우데자네이루 공항에서 마이애미를 거쳐 댈러스에서 환승, 인천공항으로 귀국한다

아! 생경스런 관광지 이름을 곱씹으며 잊어버린 명소를 호명하고, 갈 곳을 짚어보는 중간 기착지 산티아고에서 마시던 커피 잔이 비었음을 확인한다. 잔 안 흔적이 선을 긋고 있다

산티아고 추억

그대는 먼 곳에 머물고

'원숭이 똥구멍은 빨개, 빨가면 사과, 사과는 맛있어, 맛있으면 바나나, 바나나는 길어, 길으면 기차—'

손 두어 뼘 길이의 바나나가 길다고 노래했던 때
세상에서 가장 긴 나라는?
응, 칠레!

칠레는 길고 길어서 하루 안에
봄도 있고, 여름도, 가을도, 겨울도 있다는 것을 배우고

칠레의 수도는?
응, 음. 산티아고!

그렇게 익히던 남아메리카 안데스 서쪽에 있는 나라 칠레 수도 산티아고, 1973년 아엔데 대통령이 피노체트 쿠데타에 저항한 모네다 궁전 부근 아르마스 광장에서 노숙자, 배우, 여행객, 조각상, 성당, 시청 이런저런 사람과 건물을 하염없이 바라보는 몽상가로 한참을 머물다 광장 바닥을 발이 아프도록 빙빙 돌고 도는데

그대는 먼 곳에 머물고

안데스산맥

읽지 않은 일월의 월간지 위에
그리운 당신 모습 담긴 이월의 잡지가
비처럼 내리네

열어보지 않은 지난해 신간 시집 위로
꽃샘추위 온 봄처럼
새해 발간한 소설집이 쌓이네

사랑을 노래한 시인의 노래 들으며
산 하나를 넘고
잊을 수 없는 사랑을 생각하네

달려온 우여곡절 길은
태양과 달과 별이
혀를 길게 빼고 포옹한 길이라네

산맥 굽이굽이 좁고 비탈진 길을
바람의 발걸음으로
흐느끼듯 산비탈은 흘렀네

이월의 머리 위
성도(星圖)를 그리던 눈이
잊어버린 전설처럼 하얗게 내리네

시 낭송을 듣는 밤

여행은 낯선 것들과 교감이다. 깊은 밤 네루다의 스패니시 CD 시 낭송을 듣는다. 깊은 밤은 새벽 한 시는 넘어야 적당하다고 시들은 여기는데 책들은 절대 동의하지 않는다. 일행 열여덟 명 중 칠레 산티아고에서 네루다의 생가를 찾은 것은 나 혼자였다. 혼자 방문하면서 문학이 즐겁지 아니함을 은근히 즐기는 꼴이 되었다. 저항과 타협은 생존의 의미를 번갯불처럼 일으킨다. 폐쇄된 공간에서 세상과 소통할 수단을 통찰하기 위함으로 남들이 자는 새벽 한 시 음악처럼 시 낭송을 듣는다. 시인 네루다의 나라는 지금 오후 한 시로 남들이 자고 있다는 표현은 지극히 한계적이라 정정하면서 둥근 모양의 지구가 한 알의 총알이 되어 우주를 날아가고 있다. 그 총알에 지금도 이쪽저쪽에서 사람은 죽고 질긴 문학은 돌아 살아 움직인다

그래피티

지근거리에서 낙서로 지근지근 벽을 채운
그래피티 그림과 글씨
알지 못하는 언어가 주는 상상력을 즐기며 가는 길이었다
늙은 선생의 눈빛으로 하늘에 떠 있는 태양은
지동설로 다져진 앳된 사고력의 한계를 뛰어넘지 못하고
태양은 지금 우주 한 곳에 고정된 시계로
무한한 전파를 쏘아올리고 있는 중이다
태양밖에 생각할 수 없는 대낮을 버리고
내가 태양이라고
중국인이, 미국 사람이, 스페인 사람이
가느다란 생각을 보태고 빼는 것이
신비로 다가오는 낯선 언어의 땅에서
가는 길 옆 벽의 그래피티는 빛나는 즐거움이다
한 달간 동행할 일행의 삶 이야기도 태양이고
껍질만 살짝 들춰보는 벽화 안쪽 역시 태양이고
각이 다른 방향에서 날아와서 터널 하나 지나듯
집 라인으로 다른 곳으로 이동하듯
태양은 그렇게 지나갔다
이곳에서 저쪽으로 이동한
내가 쓰는 움직임의 붓질은
풍경이 자꾸 사진 속으로 들어와
과거로 담기는 그래피티였다

토레스 델 파이네

Torres del Paine

멈추지 않으면 끝없이 달리고 달려 제자리로 되돌아올 것 같은
여행에 간을 맞추듯 오른쪽 멀리 바다가 짭조름하게 보이는
길옆 푸른 초원으로 양떼 소떼 구름떼들이
이런 것이 뭔지 알아? 물으며 풀을 뜯는 칠레 남쪽
버스 의자 등받이에 몸을 기대고 살며시 잠에도 떨어지는
긴 시간 이동하는 길에 카페에 들러 커피 한 잔도 마시는
도착한 푸에르토 나탈레스에서 묵으며 분주하게 준비해야 하는
토레스 델 파이네로 가는 길
토레 몬시노(Torre Monzino 2,700미터)
토레 센트랄(Torre Central 2,800미터)
토레 데 아고스티니(Torre de Agostini 2,850미터)
가슴 뻥 터지는 소리 들리게 만든다는 풍경이라더니?
구름이 무거운 벽돌처럼 산을 누르며 맘을 눌렀다
늘 좋을 수 없는 여행 일정의 산간 날씨에
오늘 하루는 더 낮은 자세로 세상을 읽어야지
그래 읽어야지, 그래 겸손해야지 다짐하고
그란데 폭포, 페오에 호수, 그레이 빙하……
종일 여행지로 버스 이동하며 내리고 걷고 보고
그러면서 언뜻 본 것 같기도 한 구름 속 산봉우리
토레스 델 파이네 국립공원 뾰족한 산정은
젊은 시절 애인이 신던 뾰족 구두보다 경쾌하게
눈앞에 나타났다 사라졌고 나타났다 사라지고

종종 날아갈 것 같은 거센 바람을 마주보면서도
정말 한 닷새 머물며 걷고 또 걷고
그러다 햇살 빛나 맑고 바람 자는 날도 만나면
밑도 없이 하늘의 은총 같은 기쁨 쏟아질 것 같은
그 풍경 쉽게 접근할 수 없어 더 가치 있는
우리나라에서 아주 먼 먼 여행길
수박 겉핥기로도 마냥 행복했던 토레스 델 파이네 산정
결국 호텔 벽면에 걸린 유화로 실컷 들여다본
토레스 델 파이네 산정

아, 와이파이 꽃

그렇게 당신과 한 생을 그리워했는지 모른다
문을 열고 나서면 밖인데
실내만 바라보며
상상의 세계로 멀리 떠나는 조선 아낙의 마음으로
닫혀 있는 공간에서 입어본
하늘은 착한 옷이었다
잠자리도 날고
개똥벌레도 날고
기러기도 날고
비행기가 날아가는 허공으로
나도 날아 태평양 동쪽 끝 남극 가까운 곳
긴 땅덩어리 칠레에 도착했다
남위와 북위
적도를 두고 남과 북으로 이어진
내가 늘 맞이하던 겨울철을 여름으로 맞이한 남미 여행에서
당신이 겨울을 보낼 때
나는 짧은 옷을 입고 햇살 아래 걸었다
세상의 안과 밖
벽 하나 두고 손바닥을 살며시 마주대고
와이파이 터지는 공간에서 옆댕이 사람처럼 당신과 선을 이으며
그리움을 무선으로 수혈하는 거리
보고 싶어

환상을 현실로 바라보는 맘 안에서
당신은 아직도 미지의 땅으로 낯선 세계에서
오랜 시간 내 이야기를 들어줄
한참 그리운 사람
와이파이 꽃으로 입 맞추는

밀로돈

Mylodon

그분께서 마을 들어서는 길목 바닷가에 서 있었다. 그분은 어렸을 때 보았던 영화 용가리와 비슷한 모습이었다. 도망쳐야 하는 것 아닌가. 하지만 거기는 내가 일부러 찾아간 멀고 먼 여행지. 바닷가 푸에르토 나탈레스란 마을 이름 큰 글씨 뒤에 우뚝 문지기처럼 서 있는 그분의 이름은 밀로돈. 약 1만 년 전 홍적세 퇴적층에서 화석으로 발견되었다는 초식동물. 느림보 동물로 칠레 푸에르토 나탈레스 시 북서쪽 약 24킬로미터 밀로돈 동굴에서 1896년 발견되어 생김새를 추정할 수 있었다는 멸종동물. 이미 오래전 생존의 길에서 그분의 모습을 상징물로 세워 지나는 사람의 호기심 심지에 불을 붙이며 원시의 나라를 떠올리게 하는 고고학 속의 동물. 몸길이 3미터, 무게 1,000킬로그램으로 갑옷을 두른 듯 껍질을 갖고 있었지만 결국 사라지게 된 슬픈 동물

다시 토레스 델 파이네

낯선 풍경이 다리를 놓고 나를 건너게 하네
내 몸에 들어온 바람 소리가 지그시 눈을 감게 하네
아침에 먹은 음식들이 소화기관을 거쳐 항문으로 나오기까지
나를 끌고 가면서
내 몸으로 들어온 낯선 말씀 하나 둘 채록하게 하네
내 발과 몸과 손으로 디디고 느끼고 만지는
내 고향 그곳 겨울 날씨와 정반대인 한여름 지역에서
내 몸에 들어온 풍경이 잠시 절망에서 희망을 갖게 하네
어디선가 무선으로 당기고 미는 것들
설령 잊어버리고, 잃어버리고
생각의 망치로 두드리며 조율하는 아득한 거리
바람 거센 폭포 앞에서 서 있질 못하고
뒤로 돌아 걸어가며 그래서 멋진 곳이라고
들리지 않는 사람에게 바람 소리처럼 외쳐보네

야레타

Yareta

움직이고 있었어. 분명
내가 걸어서 가는 길에 겨울은 손을 놓으며
조만간 다시 만나자고 하였지만
그것은 빈말
먼발치 하얗게 꽃순 밀어 올리는 설산을 보면서
지난해 시든 작은 이파리
그 위 다시 돋는
지상에 펼쳐놓은 녹색을 총총 눈곱만큼 밀어 올리며
낮은 키로 거센 바람의 손길
겨울 추위를 피하려
서로 어깨를 단단히 잡는
불모지에서 질긴 생명을 이은
원형의 질긴 정신력을 가진 안데스 고산식물

낯선 여행지의 몸무게

등짐으로 참깨 가득 짊어지고
걸어갈 곳으로 향하는 바람의 색깔은 솜사탕처럼
그대 사랑했던 풍경의 그림자 만드는 곳
하롱하롱 아득하여 익숙하지 않은 발길로
지평선에 서서 다시 수평선을 바라볼 때
조용히 곁에 머물던 오늘은
해 지는 노을로 손을 내미네
무게를 재지 않는 하늘은
사뿐 뛰어내리는 새털 같은 가벼움으로
차양 긴 모자를 쓴 길손의 얼굴을 쓰다듬으며
아랫목을 찾지 않는
어둠에 스미며 가슴을 드러내는 간판들이
지상의 길을 바라보며
낯선 여행지에서
다시 가야 할 곳이 그들의 몸무게라고
몸무게라고 소곤소곤 말을 거네

끝말잇기

당신 삶의 끝에서 이을 수 있는 말이 있는지?
종착역을 향해 달리는 기차 안에서
적당히 시간을 뭉개줄 끝말잇기놀이로
낱말 꼬리에 꼬리를 물고 달리다가
기차란 낱말이 나오자
당신은 차가버섯이란 말로 되받았지
덜커덩 덜커덩거리는 작은 소음도 잊은 채
섯 자로 시작하는 말에서 말꼬리는 잘리고
인터넷 검색으로 섯밑이란 단어를 찾았지
소 혀 밑에 붙은 살코기를 뜻하는 낯선 단어
먹어본 기억이 없어 모르던 단어
세상살이에 낯선 것들이
낯익은 모습으로 서서히 다가올 때
우울한 내일은 또 다른 오늘로 다가오고
당신은 슬픔이란 옷을 화려하게 입고
곳곳 시간의 투명한 비늘을 걸치고
갈 수 없었던 먼 먼 땅에 도착하였지
그곳은 당신 삶의 중심에서 가장 먼 거리
기차가 서지 않는 종착역엔 달그림자가
봄꽃과 여름꽃을 피우고, 그러다가 가을꽃도 떨어뜨리고
뚜벅뚜벅 겨울꽃도 얼리고
경계를 지나 새로운 곳으로 말 디디며
저쪽으로 끝말잇기처럼 달리는 곳

월경 월경

경계를 그으며 서로 다른 나라의 국기는 게양대에서
말뚝에 묶인 개 팔자로 명명 펄럭이고
칠레 파타고니아에서 탄 2층 버스에서
칠레 출국과 아르헨티나 입국 절차를 기다리며
「국경의 밤」이란 시에 나온 북한어 가담가담을
시어로 한 번쯤 사용했으면 좋겠다고
월경(月經)을 놓치지 않던 젊은 여자를 떠올리며
선을 넘는다는 월경(越境)을 묵상한다
삶은 으레 선을 넘는 것에서
시원한 바람을 일으켰다
아이가 태어나고, 감기에 걸리고, 돌부리에 넘어지고
초등학교 교문을 들랑거리고
나라와 나라의 경계를 익히고
여권을 챙겨 넘는 그런 일들이
이웃 마을 넘나들듯 가까운 21세기
평화는 이익을 전제로 유지되고 있음을
강대국 중심의 질서를 어쩌지 못하고
먼 나라 칠레와 아르헨티나 국경에서
중국을 거쳐 두만강, 백두산을 관광하며
그려놓은 선을 풀어놓고 싶은 시절
슬며시 곁으로 당겨보며 국경을 또 넘었다

아르헨티나

Argentina

피츠로이

Fitz Roy

칠레 남쪽 토레스 델 파이네 산정을 제대로 보지 못한 우리는
국경을 넘어 아르헨티나 엘 칼라파테로 가며
그 후유증에 시달렸다
결국 엘 칼라파테에 도착해서 숙소로 가지 않고
로스글라시아레스 국립공원 엘 찬텐으로 가기로 했다
그곳은 그곳은 그곳은
매년 일월이면 전 세계의 트래커들이 찾는다는 마을
타고 온 장거리 버스에서
백야의 시간 위 관광버스 한 대 올리고 세 시간 남짓 더 가는
초록 호수와 뾰족한 산정을 보며 가는 길은
세계 5대 미봉 중의 하나라는 피츠로이로 갈 수 있는 길
명산은 으레 머리를 하늘 가까이 두고
태양과 달과 별과 구름을 벗으로 삼는다는 것을 확인하며
카프리 호수, 로스 토레스 캠프
이렇게 왕복 여덟 시간 코스에
해 뜨는 일출의 산정이 환상적이라는 말에 구미가 당겼지만
우리에게 허락된 곳은 카프리 호수
발길을 옮기는 뒤쪽에서 엘 찬텐 마을이 머리카락을 당기고
걷는 발 옆으로 블랑코강 흐르는 협곡이 발목을 잡고
앞쪽 고목들이 나이를 물으며 젊다고 머리를 쓰다듬고
바라보는 설산 미끄러지는 빙하가 하얗게 드레스를 걸치고
팔짱 끼자고 손을 내미는 피츠로이 가는 길
카프리 호수에서 산정을 바라보며 잠시 눈 감고 쉴 때

오늘은 산짐승에 잡아먹혀도 좋을
꿩보다 더 맛있는 닭이 되어주고 싶은 심정
구름 내뿜는 해발 3,405미터 피츠로이 산정 앞에서

여우야, 여우야, 여우야?

정말 여우를 만났다
사막을 지나다 여우를 본 순간
그냥 반가웠다
어디서 본, 낯익은 것 같은
그 여우는 멀리서 나를 한참 쳐다보았다
해발 사천 미터 이상 되는
볼리비아 라구나 국립공원 돌나무가 있는 곳이었다
두 번째 여우를 만난 곳은
첫 번째 여우를 본 며칠 후
칠레 토레스 델 파이네 국립공원으로 갈 때였다
휴게소에서 매칼없이 이것저것 구경하고 밖으로 나섰는데
여우는 내 카메라를 바라보며 싱긋 웃었다
조심스럽게 사진 한 컷 찍고 노출을 조정하는데
재주를 부렸는지 금세 사라졌다
세 번째 여우를 본 곳은
아르헨티나 페리토 모레노 옥빛 빙하를
배로 구경하려 배표를 끊고 기다리는 선착장이었다
역삼각형으로 머리를 세운 여우는
먹을 것이 있으면 조금만 내놓으라고 하였다
악수나 나눌까 싶어 가까이 갈 때
빙벽 무너지는 소리에 고개를 돌려
잠시 바라보고 여우 있던 곳을 보니 여우는 보이지 않았다

그날 이후 남미 여행을 마칠 때까지
여우야? 여우야? 여우야?
낮은 소리로 여우를 불렀다
차츰 내가 여우로 변하고 있었다

빙하

빙하 조각을 넣은 유리컵에 위스키를 붓고
천년만년 세월 응집된 얼음을 입속에 털어 넣으며
온몸으로 빙하의 침묵 감지하는 시간의 짜릿한 두께
그런 풍경
페리토 모레노에서
하
얀
절
벽
그 앞 산책로에서 한참 바라보며 상상할 때
천둥소리 들었다
울멍줄멍 빙하 한 부분 무너지는
지구 한쪽 무너지는
산과 산 사이
밀물처럼 밀려오는 빙하들의 신음 소리
숨 막히는 고통의 단말마
순간 하늘도 금갔다

고래를 보다

그 나라에 가면 바다를 읽어야 한다
한쪽은 칠레, 한쪽은 아르헨티나
다른 땅을 가르는 바다 비글 해협을 달려
펭귄들이 사는 나라 문밖에서
여권이 없어 아니 펭귄 나라 비자가 없어
그간 잘 계셨냐는 펭귄들의 안부를 묻고
잘 계시라는 인사도 하고
땅끝 우수아이아로 되돌아가는 배에서
난생처음으로 혹등고래의 유영을 보았다
고래를 만나려고 노력했던 오랜 시간들이
그래, 살면서 억지로 되는 일이 얼마나 될까?
고래는 자기들의 땅이라고 우기지도 않으면서
바닷물을 박차고 튀어 올랐다가
꼬리지느러미를 흔들며
작별을 알렸다
내내 내 머리를 따라올
우수아이아 앞바다
비글해협 혹등고래
일등성 별이었다

세상 끝 등대

Les Éclaireurs Lighthouse

Viaje란 단어를 '비아제'로 읽다가 '비아헤'로 읽어야 하는 스페인어라는 것을 깨달은 것은 우수아이아에서 비글 해협으로 가는 배편이었다. '¡Buen Viaje!'란 뜻이 '즐거운 여행 되세요!'란 것을 아는 순간 즐거운 여행이 되고 있나 확인할 수밖에 없었다. …… 필연의 연결고리로 시간을 이으며 모든 것 지금까지 믿었던 신의 뜻이라고 우기는 그 순간 비글 해협은 우수(雨水)에 젖었던 바다를 햇살에 말리고 있었다. 찰스 다윈이 비글호를 타고 탐험을 한 데서 비글 해협이란 이름을 갖게 된 그곳은 여러 개의 바위섬을 태초에 띄워놓았다. 사람들은 그중 한 섬에 빨강과 흰색으로 칠한 등대를 돛으로 올리며 한 척의 배로 만들어놓았다. 가마우지, 바다사자, 펭귄 등 동물들이 승선하여 지나는 여행객에게 '¡Buen Viaje!'란 반짝반짝 빛나는 말을 건넸다. 모든 사람 하나하나가 등대로 빛을 내고 있음을 이 세상 제일 남쪽 섬 등대는 깨닫게 하였다

알마센 라모스 헤네랄레스 카페

Almacen Ramos Generales

내가 비글 해협으로 펭귄을 만나러 갔을 때
내가 펭귄에게 이런저런 이야기를 하고
내가 펭귄들이 하는 말을 한참 듣고 되돌아왔을 때
세상의 끝 핀 델 문도(Fin del Mundo) 우수아이아
오래된 카페 알마센 라모스 헤네랄레스에서는
내가 가지 않은 곳을 찾은 일행들이
진한 커피를 마시면서
그 집 오래된 음료 숩마리노(Submarino)를 마시면서
내가 그들이 찾은 세상의 끝 박물관을 궁금해하듯이
내가 펭귄한테 들은 이야기를 궁금해하고 있었다
흰 우유에 초콜릿을 넣은 숩마리노
초콜릿 시간이 우유 시간에 스미고 녹으면서
감옥 박물관을 찾은 일행들은
기억에서 지워지고 있는 손글씨 편지를 오랜만에 썼다는데
그 편지엔 눈물로 빚은 사랑 몇 줄도 빛나게 담았다는데
나는 펭귄들이 한 이야기를 정리하지 못해 침묵으로 일관하고
땅 끝 마을에서 체험한 이런저런 경험담
고래와 새들과 길들과 산들과 글씨들과 상점들과
서로 어울려 신바람 나게 늘어지는데
기미년 3·1운동보다, 내 할아버지 수염보다 나이 많은 카페의 출생연도에
램프, 주전자, 유리병, 다리미, 낡은 책……

벽면 곳곳 골동품들도
침묵의 소리로 이야기를 들어주고 있었다
지구 반대편 분단의 나라 한국에서 온 우리들 이야기
자리를 일어서며 화장실 입구 걸어놓은 남녀 속옷을 발견하기까지
차 한 잔에 100년 이상을 담으며
떨어진 입술을 만나게 하는 희열이 있었다

우수아이아

Ushuaia, Fin del Mundo

당신이 서 있는 곳이 갈 길 없는 끝이라면?
절체절명 삶의 빗쟁이로 몰리고 몰려
순간 낭떠러지 앞에서 허무의 안개 숲을 바라보며
조용히 안개처럼 사라지고 싶을 때
세상 남쪽 끝 아르헨티나 우수아이아는
수혈의 붉은 색깔로 다가온다
바다를 끼고 천천히 걸어가면서
폐 깊숙이 맑은 공기 들이마시며
되돌아갈 길을 잠시 잃어버리고
우수에 젖은 아이처럼
길 끝 새로운 바닷길이 이어져 있다고
그곳 혹한의 추위에 펭귄들 버티고 있다고
무참한 폐허 같은 지난 시간 위에
등대 보이는 섬이 머문다고
세상의 끝이라고 불리는 핀 델 문도
우수아이아를 떠올리는 것만으로도
위안과 위로 받을 수 있다는
멀고 멀어 별처럼 푸짐한 상상력을 쌓게 하는
우수아이아

행운

대낮 밀림 같은 만석의 비행기를 타고
땅끝 우수아이아에서
아르헨티나 부에노스아이레스로 가는데
참 지루하다
내 자리는 창밖을 볼 수 없는 자리
창가 왼쪽 자리는 같은 동양인이 탔고
오른쪽 자리는 뚱뚱한 브라질 여자
둘 다 핸드폰으로 지루한 시간을 닦고 문지르는데
난 할 일이 없다
먼 나라 여행에 짐이 되더라도 시집이나 몇 권 들고 올걸
조금 후회하다가
복대에 남아 있는 돈이나 세어볼까
아니면 잤던 잠의 심지에 다시 낮잠을 붙여볼까
그것도 아니면
우수아이아 공항에서
비싸게 산 원석 펭귄을 꺼내볼까
그렇게 뒤척거리다가
이 지루함도 행운이라 여기리라
그렇게 생각하니 천국이 딴 곳에 있지 않음을

엘 아테네오 서점

El Ateneo

책들 꽂혀 있는 책의 나라에 들어서며
읽을 수 없는 언어 장벽의 벽을 넘어
두 손으로 공손히 만지는 책은 꽃구름이었다
긴 부리 새가 날고, 고래가 수면 위로 뛰어오르고
성냥에 불 붙으며 유황 향 풍기고
책은 사막으로 변한 숲을 그리워했다
땡볕의 뜨거움과 거친 바람의 흔들림으로
밤이면 무한한 별을 재채기처럼 뿌리던 곳
신간 서적들이 천천히 낡은 책이 되어
볼 것 많아 가야 할 길 많고 먼
책 속의 길에서
무딘 다리로 책장을 넘기길 수십 년
페루, 볼리비아, 칠레, 아르헨티나, 브라질
별자리로 자리 잡은 서점들이
도시를 지키고 있는 먼 먼 영토에서도
아르헨티나 수도 부에노스아이레스
대형 서점에 갇혀 고래가 되었다

갈피에 서서

오페라 공연 무대에 오른 책들이 펼치는
엘 아테네오 서점에서
비문(非文)의 시집, 오독(誤讀)의 소설을
책장과 책장 사이에서 찾다가
시 한 편 유성으로 국경 넘어오는 것을
시 한 편 요정으로 날개 펼치는 것을
낯익은 별에서
낯선 별
그곳 책장과 책장에서
한 권의 책을 넘기는 갈피로 내가 꽂혀 있음을
잠언으로 발견하고
누군가 나를 당길 때까지
다음 날 다시 멈춰 있었다

SOLISTAS
COMPOSITORES
COMPOSITORES

COMPOSITORES
COMPOSITORES
COMPOSITORES
CORALES
LÍRICOS
LÍRICOS
DVDs CLÁSICA & ÓPERA
DVDs CLÁSICA & ÓPERA
DICCIONARIOS
ECONOMIA
ECONOMIA
RECURSOS HUMANOS
ADMINISTRACION
EMPRESA

가우초

Gaucho

쉽게 말해 목동, 마부, 카우보이죠
가우초라고 하니 그게 뭐냐고 묻는다
사람 수보다 소의 수가 많다는 아르헨티나
그들이 말몰이를 하는 것을 보기 위해
아르헨티나 수도에서도 두 시간 남짓
시 외곽 변두리 농장으로 나가며
보이지 않는 산을 억지로 찾으려 두리번거렸다
초원 옆 또 초원으로 이어지는 평지 위
백 년도 더 된 농장에서
평생 풀을 뜯다가 도축장에서
가죽과 살코기와 뼈를 남긴 소들의 흔적을
가우초들의 눈동자에서 보았다
말안장을 올리고, 몸을 올리고
채찍 잡은 손은 허공으로, 발엔 박차를 끼고
바람을 가르며 초원을 누비는 가우초
그들이 살고 있는 나라의 독립을 향한
오래전 깃발도 펄럭거렸다
아직도 초원을 누비는 가우초들의 재빠른 몸짓
넋을 놓고 한나절 바라보다가
초원 저쪽 그들이 넘어가야 할 산이 우뚝
신기루처럼 떠 있는 것을 보았다

엠파나다

Empanada

여행 중 식당에서 엠파나다를 주문했다
만난 지 오래되지 않아
동행한 사람들의 마음을 읽을 수 없는 여행길에
군만두처럼 생긴 엠파나다를 식탁에 놓고
포크로 찍은 다음 칼로 잘라본다.
노릇노릇하게 구운 겉과 달리 부드러운 속이다
소로 넣은 야채와 고기들이
어머니 손맛
익숙한 맛을 기억하게 한다
엠파나다(Empanada)
'빵', '속을 채워 구운'이라는 스페인어
으레 설날 전이었다
밀가루를 밀어 만두피를 만들고
고기, 두부, 김치 쫑쫑 썰어 만두소를 만들어
만두 가장자리엔 버선코 같은 무늬를 넣었다
한 살 더 나이 먹는다는 떡국도 괜찮았지만
먹고 남은 만두를
프라이팬에 구워 먹는 맛은 더 좋았다
일행들이 서로 다른 음식을 시키고 그것을 조금씩 나누어
이국(異國)을 맛본다
엠파나다가 어머니와 함께한 식탁을 그립게 한다
맛은 향수며 어머니를 떠올리는 추억이다

남미 여행에서 맛본 엠파나다
어머니 손맛처럼 후일 그리울

흰 뼈

분명 겨울이었기에 가능한 일이었다
솥에 사골을 넣고 국물을 우려내던 뜨거운 시간은
겨울의 허기진 몰골을
사용하지 않은 스케치북 같은 하얀 눈 위에
따뜻하게 그림 그리는 일이었다
우리고 우린 맨 나중 뼈들은 퇴비로 버렸다
아르헨티나 가우초들의 쇼를 보고
별미 아사도를 먹기 위해 식당으로 들어가면서
소뼈로 만든 공예품 의자를 보았다
뼈에 붙은 살은 이미
누군가의 영양분으로 흡수되어
소처럼 어기정어기정 풀밭을 걷고 있을 것이다
모든 것 인간을 위해
흰 뼈가 쓰는 굵은 글씨
흰 뼈로 만든 의자에서 읽었다
줄 것 다 주고도 또 주고 싶은 소들의 영혼
의자 위 조용히 앉아 있었다

무덤들 가운데서

죽어 살 그 무덤 한 채
정원이 되어 사람이 찾는
부에노스아이레스 레콜레타 무덤 가운데 의자에 앉아
에비타 무덤으로 향하는 관광객들의 발길을 본다
영화로 본 주인공의 삶이
사람들의 발길을 끄는 무덤 정원에서
모든 삶의 여정에서
생은 바람 한 점 끌고 가는 것이고
그 바람 멈추는 곳에 마침표를 찍고
정적으로 멈춘 곳이 무덤이란 것을
새로 죽음으로 입실하는 장례행사를
조문객으로 먼발치에서 바라보며
나도 후일 그렇게 사라질
죽어 죽음으로 죽음을 그리워할

레콜레타 에비타의 무덤에서

낯선 나라를 여행하다 보면 시간이 까마귀처럼 검어진다
새해 설 명절이 지났다는 것을 떠올린 것도
설날도 아니고 부에노스아이레스 도착 며칠 후
공동묘지 레콜레타를 찾았을 때였다
으레 조상의 묘소를 찾았던 명절이라
성묘를 못했다는 죄스러움은 내가 장남이었음을 상기시키고
중학교 때 질러 다니던
지름길 길가 공동묘지를 떠올리게 하였다
비 맞은 여자가 공동묘지에서 걸어오는 것을 보았을 때
재주를 세 번 넘은 여우가 아닐까?
소름이 돋았다
종종 그 여자는 꿈속에 나타나서 나를 흠뻑 젖게 하였다
오랜만에 공동묘지를 혼자 찾았다
에비타의 무덤이었다
일행 중 누군가 에비타 무덤은 찾기 어렵다며
공동묘지 지도를 펼쳐 손가락으로 짚으며 알려주었다
죽음으로 후대에 애련을 만드는 일
후안 페론을 만나
1946년 스물일곱 살에 영부인이 된
그의 열정적인 삶의 모습
기억은 한 번의 감동으로 석고처럼 굳어졌다
천천히 그의 무덤으로 걸어가며

많은 관광객의 발걸음이 이어지는 것을 보면서
무덤 앞 놓인 꽃다발을 보면서
정치가 가난을 쉽게 구제하지 못함을
역사는 폭포로 불꽃을 피우는 일이라고
나는 무덤 앞에서 말하려다가 참았다

* 레콜레타 국립묘지(Cementerio de la Recoleta) : 1822년 문 열어 아르헨티나 역대 대통령 13인을 포함한 70기 정도의 무덤이 있는 공원묘지. 33세에 사망한 에바 페론(Eva Peron)의 무덤이 그곳에 있음.

기억들

원작을 그대로 기억한다고 믿었다
무엇인가 기억하는 일은
흩어진 퍼즐을 맞추는 일보다 힘든 일임을
어제 그제 그 전날 보았던 것들
퍼즐 한 조각 맞추듯 기억해 보며 발견한다
콜롬비아 출신 페르난도 보테로(Fernando Botero)란 화가의 모나리자를 알기 전
레오나르도 다 빈치(Leonardo da Vinci)의 모나리자만 떠올렸다
부에노스아이레스 라틴아메리카미술관(MALBA)에서
바람을 잔뜩 넣은 것 같은
페르난도 보테로의 그림을 보면서
이전에 보았던 그림들을 당신이 어떻게 기억하고 있는지?
이전에 만났던 당신을 내가 어떻게 생각하고 있는지?
풍선에 바람을 넣다가
'뻥' 터져버린 조각들을 주워 맞추는
과거의 현재를, 현재의 과거를
기억이라 수시로 수식처럼 꺼내보는데
당신은 아직 슬프도록 젊었고
나는 즐겁도록 나이를 먹었다

MALBA
PABLO
SUÁREZ
NARCISO
PLEBEYO
23.11.2018–
18.02.2019
MALBA
ICBC
ARTE
LATINO–
AMERICANO
1900–1970
COLECCIÓN
MALBA
Consultatio

탱고

현란한 색들의 드러냄과 감춤에서
무채색의 깊이를 알지 못하는 사람들의 표정으로
아르헨티나 수도 부에노스아이레스
라틴아메리카 미술관 말바(MALBA) 앞에서
어쩌다가 라보카행 시내버스를 탔다
동양인은 나 혼자였다
정류장 하나 지날 때마다
심장은 시내버스 엔진 소리를 따라갔다
먼 길 흐르는 강물 흐름 위 수원지를 찾아
직선과 곡선의 이음새로 이어진 길을 따라
세모, 네모, 둥근 모양의 울퉁불퉁 무늬
반도네온에서 흘러나오는 소리를
잔잔한 물결처럼 바닥에 깔며
발동작 하나하나 곡선을 그으며 풍경을 만드는
라보카의 거리를 탱고 음악에 맞추어 걸었다
곳곳에서
울컥, 가슴 저미는 탱고 음악에
범접할 수 없는 춤사위 하나
시간의 매듭에 걸어두고 세상을 버틴
라틴아메리카 이주민의 원형질 지도를
그들의 춤사위 동작 하나하나
비문(碑文)처럼 굳은 눈물로 보여주고 있었다
동양에서 온 나도 함께 그랬다

PESCADO POLLO
MARISCOS
VEGETALES
BUFET
SHOW DE TANGO
PLATO del DIA
MILANESA $ 260
LOCRO
SALMÓN
CANELONES
RAVIOLES

악마의 목구멍

세상 천지에……

일어날 수 없을 것 같은 일이
꿈같은 일이
눈앞에서 펼쳐질 때

세상 천지에……

이과수 폭포 악마의 목구멍 앞에서
꺼내기 힘든
형언할 수 없는

세상 천지에……

무지개를 몸에 두르고
세상 끝에서
영혼을 끌어당기듯
전류처럼 떨어지는 폭포수

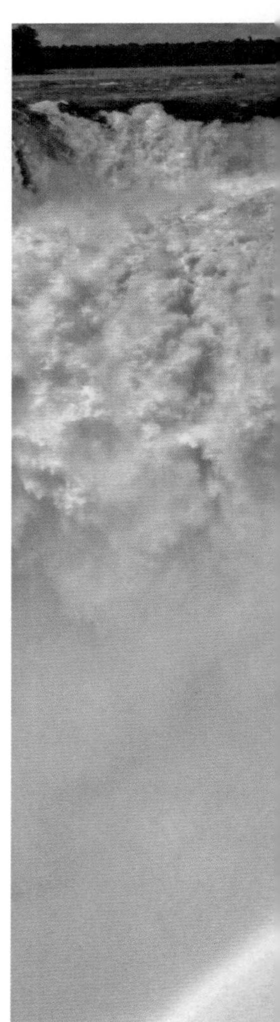

* 악마의 목구멍 : 아르헨티나쪽 이과수 폭포.

Hito Tres Fronteras

삼도봉에 오른 적이 있다
충청도와 경상도와 전라도가 만나는 1,177미터 봉우리
충청북도 영동군 상촌면 물한리
전라북도 무주군 설천면 대불리
경상북도 김천시 부항면 해인리
그곳을 기반으로 오른 산정엔 화합의 상징물이 빛났다
새싹이 돋고, 꽃이 피고, 열매 맺고
단풍이 떨어지며 하얀 눈을 데려오는 봉우리
말문이 닫히는 이과수 폭포를 보고
푸에르토 이과수란 마을에 들러
빈 시간에 찾은 파니리강
Hito Tres Fronteras
아르헨티나, 브라질, 파라과이 세 나라의 경계를 지으며
유유히 흐르는 강물을 한참 볼 수 있는 곳
저쪽은 파라과이, 그 옆은 브라질
내가 발 디딘 곳은 아르헨티나
저쪽 여자와 이쪽 남자가
철책 없어 슬며시 밀항을 하여 만나고 만날 것 같은
그래서 둘이 결혼도 하기 전 아이도 낳았을 것 같은
세 나라의 과거 역사에 떨어진 눈물도 섞여 흐르는
그 흐르는 지점 중앙에 인공 섬 쌓고 다리도 놓아
무시로 흐르는 바람처럼
그들 만나게 하고 싶은 곳
걸으면서 물소리와 팔짱 끼고 싶은 곳

방울나무

그 나무를 잊을 수 없네
계절의 변화를 감당하면서
아침노을과 저녁노을 가운데
햇살을
그늘을
끌어들이고
새떼를 불러들이던 나무
종종 난 그 나무를
안아주면서
내 아름으로 닿지 않는 손끝 빈 곳을
아득한 허공 먼 먼 나라로 여기면서
나무 뒤 세상을 상상하였네
내 어린 시절 바깥마당
온통 하늘을 가려주던 나무
방울이 주렁주렁 달려
방울나무라고 부르던 플라타너스
사라진 나라처럼
지금은 볼 수 없는 나무

브라질

Brazil

브라질 커피

세계 삼대 폭포 중 남미의 이과수를 알차게 보기 위해서는
브라질 쪽과 아르헨티나 쪽
국경을 넘나들며 두 곳에서 보는 것이
오줌을 찔끔 싸는 일이라고 한다
아르헨티나 푸에르토 이과수란 곳에서
여권을 챙기고 브라질 쪽 이과수 폭포를 보기 위해
햇살 징그럽게 쏟아지는 한낮
구렁이 담 넘듯이 슬며시 국경을 넘어
미국 달러를 브라질 레알로 환전하기 위해
환전소를 찾았을 때
누군가 작은 컵에 커피 한 잔을 건넸다
브라질 커피였다
한국 땅에서 종종 브라질 커피를 마시며
아마존 밀림을
아마존 정글을 관통하는 강을
브라질 커피 농장을
징그럽게 그리운 사람의 모습으로 상상했던
젊은 나를 만났다
씁쓰레한 맛이 혀끝에 달라붙으며
우라질
왜 이리 세월은 멀리 흐른 거야
커피 한 잔 맛의 향기가

이과수 폭포 그 장엄한 물소리로
세월의 폭을 문지르며
손끝, 발끝으로 떨어졌다. 짜릿하게

코아티

가족을 이루고 이동하는 너희 식구를 만난 곳은 이과수 폭포 옆
너희들 땅은 너희들의 땅
너희들 땅은 녹슨 잔해를 볼 수 없는 폭포가 곁에 있는 땅
너희들 땅은 열대 과일 씨앗이 널려 있는 땅
너희들 땅은 미세 먼지 없어 숨쉬기 좋은 땅
너희들 땅은
너희들의 퍼레이드를 볼 수 있어 자연 그대로 순수한 땅
사람들이 운영하는 식당 부근
먹이를 찾아 기웃거리다가 쫓겨나기도 하지만
공존의 모습을 보여주는
이과수 폭포 근처
너희들을 모델로 카메라를 들이대는 사람들에게
모델료를 청구하지도 않으면서
가지 마
오지 마
있어줘
그런 말도 하지 않는데
난 쭈그리고 앉아 입장료 안에
들키지 않게 너희 그림도 숨어 있음을
너에게 이야기하고 싶었지만 할 수 없었다

이과수 나비

상투적인 색깔은 저리 가라
나뭇잎을 갉으며 멈춘 우화의 터널은 길고도 짧았다
얇은 옷을 훌훌 벗고
나뭇가지에서
그림자의 세계에서 빛의 세계로
밀림 짧은 땡볕에 날개를 말리다
그을리고 그을려
낙엽처럼 훌훌
허물 벗어지는 즐거움을
그런 것을 염두에 두고
새롭게 살아 돌아가는 일
그것이 내가 가야 할 길이다
그것이 밀림의 법칙이다

아득한 것들의 노래

눈을 뜨고 바라보는 것들이 아득한 옛날 풍경으로 찾아오는 경우가 있다. 옛날이 좋았건, 좋지 않았건 우체통은 빨간색으로 문구점 벽에 걸려 있고, 우체국은 우체통보다 멀리 있어 찾아가는 데 힘이 들었다. 그것도 그렇고 닫아놓은 대문에 꽂혀 있는 편지를 살며시 뺄 때의 느낌은 지금도 월척을 낚는 손맛처럼 아직도 손끝을 당기고 있다

길은 으레 이쪽저쪽으로 갈라지게 되어 있어 어느 쪽으로 가야 할지 망설이게 만들어 때론 손바닥에 침을 뱉고 그것을 다른 손바닥으로 때려 침이 튀기는 쪽으로 발걸음을 옮겼다. 그러다 무서운 개 한 마리 으르렁거리며 쫓아오는 뒤쪽으로 인자한 집 주인이 우리를 지나가게 개를 불러주는 순간의 짜릿한 후덜거림도 가지 않은 길 저쪽에서 손짓하며 오라 한다

무지개 그린 도화지 속 하늘을 바라보며 무지개 저쪽 먼 나라를 색색깔 크레용으로 천천히 떠올리듯 우리나라 밖 다른 나라도 무한한 상상의 세계로 자리 잡아 열심히 땀 흘리며 다리를 놓고 다리를 건너 그 어느 후일인 오늘에 이르러 나는 아득한 기억에 자리잡고 있는 무지개를 이과수, 브라질과 아르헨티나 땅 사이로 흐르는 강가에서 무지개 너머 먼 나라에 편지를 보낸다

가장 먼 땅

여행 중 그 여행길이 강물이 되어 배가 되어
나를 태우고 흐르는 것을 보았습니다
아름다운 주변 풍경들이
앞서거니 뒤서거니
끌어주고 밀어주며
내 삶의 반경 가장 먼 곳이라 할 곳에 머물면서
가지 않은 길도 한참 바라보곤
발길 되돌리는
철학과 역사와 지리와 과학과 문학과 사랑이
꽃숭어리처럼 고개를 활짝 펴고 있는 곳
한번쯤 생에서 가장 아름다운 먼 여행이었다는 것
누군가에게 들려주고 싶도록 깨달을 즈음
어제 떴던 별들은 보이지 않고
땀을 흘리며 뒤에 따라오는 별이 있었습니다
그들의 손을 살며시 잡고
'힘들죠? 수고하셨죠?'
구불구불 먼 길 마다 않고
자연이 천천히 전해주는 풍경과 말씀을 곁에 두며
또 다른 내일의 우주를 꿈꾸는 일이라는 것을
늦게 도착한 사람에게 들려주었습니다
나무와 꽃들과 열매들과 산짐승이
돌들과 물고기와 물결들과 바람들이
멈추지 않는 자전과 공전처럼
열심히 지금을 맞이하고 있는 그 땅은 어딜까요

달 호텔

한 달 내내 싼 호텔에서 묵었다
여자를 생각할 수 없는 빡빡한 일정으로
호텔에 들어가면 잠에 떨어졌다
단지 내일은 어디로, 어디를 가지
그것이 뜨거운 인두로 하루를 지지듯
화두처럼 자장가처럼
뇌의 회로를 누르고 이었다
여행을 마칠 즈음
하늘에 걸린 작은 달을 보며
비탈진 달산 남쪽에 호텔 한 채 짓고
달만 쳐다보는 뚱뚱한 여자에게
푸르지 않은 지구를
내가 다녔던 곳을 손가락으로 가리키며
'내가 사랑했던 여자야'
비눗방울 같은 이야기를
조곤조곤 들려주고 싶었다

저녁노을

뒤뚱뒤뚱 걸음마로 두 살 아기가 엄마 품으로 달려가는 것
커피 볶는 냄새가 실내 가득 채우다 창밖으로 빠져나가는 것
물 먹은 병아리처럼 머리를 들어 하늘을 바라보는 것
선거 열풍 지난 후 벽에 붙은 후보자들의 사진이 비에 젖는 것
긴 여행에서 오랜 시간 버스를 타고 가다 언뜻 창가에 스치는 가난을 바라보는 것
그리움으로 멀리 떨어진 사람의 얼굴을 눈 뜨고 살며시 떠올리는 것
창문에 어스름 빛이 들어 누군가를 저쪽으로 놓아주는 것
독서 중 얼마 남지 않은 페이지의 두께를 살펴보는 것
들릴 듯 말 듯 이파리들이 사뿐사뿐 걸어가며 부딪치는 소리를 듣는 것
나무들이 물관으로 물 길어 올리는 소리를 나도 모르게 엿듣는 것
산들바람에 귀밑 머리카락 날리는 것을 왼손으로 쓸어 올리는 것
가고 싶은 곳을 나중에 가겠다고 옛날 달력을 넘겨보는 것
장작 가마 안에 놓인 그릇들이 천천히 식어가며 실금 가는 소리를 내는 것
할아버지한테 들은 옛날이야기 속의 주인공이 가물가물 뒷모습을 남기는 것
낚싯바늘에 걸렸던 물고기가 수면 위로 떨어지며 물결을 만드는 것
봄나물에 봄기운 덤으로 살짝 한 줌 더 올려주는 것
노인이 물려받은 손때 묻은 물건을 만지작거리며 옛날을 회상하는 것
진정한 어둠을 들이기 위해 사람답게 쉬었으면 하는 것
군불 지핀 방에서 한 이불 밑에 발을 넣고 마주 앉은 사람의 발을 주물러주는 것

예수상

모든 여행은 두 손 모을 일이다
어린 시절 이웃집 할매가 장독대 위 정한수 떠놓고
새벽마다 치성 드린다는 이야기
사랑에 빠진 연인이 사랑을 위해 간절히 기도하듯
기도는 먼 곳을 향해
이쪽과 저쪽을 잇는 징검다리를 놓는 일이다
언젠가 이슬람 국가 파키스탄을 여행하면서 새벽에서 해 지고 잠자리 들기 전까지
하루 다섯 번 기도하는 모슬렘들의 기도 모습이 부러웠었다
그러면서도
막상 기도할 시간은 세상일에 뒤로 미루어놓았다
남아메리카 이곳저곳 철새처럼 떠돌다가
곳곳 예수상 앞에서
두 손 모은 나를 만났다
할아버지 새벽기도 소리가 잠결 나를 더 깊은 잠에 들게 했던
산 너머 저쪽에 있는 할아버지 나이가 되어
언간생심(焉敢生心) 할아버지가 생각도 못했을 먼 나라 모험
기도의 엄숙함은 밥상머리 교육처럼 무엇인가 반성이 있어야 하고
곧음과 직선의 휘어짐에서 무너져 내린 벽면을 바라보며
못된 습관에서 달라붙은 더께를 떼어내는 일
이성을 떠나 무조건으로 달려가는 믿음을
기도는 내 뒤에서 환하게 앞길을 밝히는 여명임을

성호 올리기 전 곳곳 인자한 예수상을 보며
전쟁과 기아와 불신, 불평등 앞에서
침묵으로 힘들게 서 있는 사내를 만나고 만났다

이파네마 해변의 소녀

사랑해란 말, 사랑이란 단어에 '해'를 붙이는 것
아이 러브 유(I Love You)
테 키에로(Te qiero)
나라는 달라도 사람들은 삶의 중심에
'사랑해'란 말, 해처럼 빛나길 꿈꿨다
밝음과 뜨거움 안으로
그리움이 바닷가 철썩이는 파도처럼 다가온 땅
아마존강이 있고, 거대한 예수상이 산 위에 있는
브라질 리우데자네이루로 가기 전
이파네마 해변과 소녀는 내게 찾아왔다
10년을 건너뛰고, 20년, 30년 다시 흘러도
늘 소녀로 걷고 있을 이파네마 해변의 여자
코파카바나 해변에서 이파네마 해변을 바라보고
리우 시내가 보이는 빵산에서
이피네마 해변이 보이는 카페를 내려다보면서
'이파네마의 태양에서 온 금빛 갈색 피부를 지닌 그녀
그녀의 몸짓은 한 편의 시보다 더 아름답고'
멜로디보다 가사 내용에 심취했던
사랑이란 말을 흔치 않게 입 밖으로 뱉으면서
세상의 모든 노래는
허공에 사랑의 낙하산을 활짝 펼치는 것임을
해를 하늘에 올리는 것임을
콧노래로 부르며 그 소녀를 생각했다

여행법

그들에게 지극히 평범한 일상이 나에게 낯섦으로 달려와 그것들이 익숙한 풍경으로 바뀌는 시간이 여행의 문법이다

그래. 떠나고 싶은 곳이 있다. 떠나고 싶은 곳은 시간이 층층으로 고여 있는 곳이다. 시간이 층층으로 고여 있는 곳은 아주 높게 책을 쌓은 곳이다. 높은 곳에는 눈도 쌓이고, 눈 녹은 물이 고인 맑은 호수도 있다. 나는 오늘 그곳에서 낚싯대 없는 낚시꾼이 되어 여행법을 터득한다. 낚는다는 일은 돌돌마리 화장지를 풀어 밑을 닦듯 시간을 풀어야 한다. 시간 풀리는 소리가 우주를 채우는 빛과 어둠으로 환원될 때 시간은 거룩한 밑밥이다

가고 싶었던 곳을 다녀오는 일은 줄다리기 줄을 당기는 일이다. 줄 저쪽 끊임없이 달라붙는 시간의 부스러기들이 파생시키는 인연, 그것의 씨앗들이 놓아주질 않을 때 못 이기는 척 슬며시 져주어야 떠날 수 있는. 당겨도 당겨도 삶의 끄트머리에서 결국 놓아야 할 것들이 떠남을 촛불 밝혀 당기고 있음을 발견하는 기쁨이 진정한 여행 맛을 낚는 낚시꾼임을 낯선 땅에서 발견한다

그들에게 지극히 평범한 일상이 나에게도 평범함으로 달라붙어 그것들이 다시 멀어져가는 순간을 붙잡아 기억으로 밝히는 묘미가 여행의 불문율이다

나무들 서로

운동장에서 산 높이 고층아파트를 올려보면서
아파트가 참 높다는 생각을 하였다
뒷동산으로 놀러갔던 어린 시절엔
너나 내나 들과 산이 일터였고 놀이터였다
수평으로 손을 잡고 이웃으로 살던 곳곳으로
허름한 집 대문도 열려 있어
인정이 바람처럼 들락거렸다
세상의 시간에 달린
나무 열매들은
발길처럼 흩어져 먼 길로 이어졌고
높은 아파트로 올라가고 올라가며
집에서 기르던 닭장은 양계장으로 가고
나무들이 뱀을 개미를 원숭이를
책꽂이에 꽂혀 있는 전집처럼 꽂아놓은 여행지에서
위인전집도
세계명작동화도
밀림과 폭포와 높은 산도
수평의 모습으로 손잡을 때
숲속 나무처럼
크는 아이들과 동행했으면 했다

중얼거리듯, Y에게

중얼거리듯, 일행들은 와이파이 터지는 곳에서 일제히 폰에 비밀번호를 입력하고 눈길은 화면 밖으로 향한다. 폰에 걸린 와이퍼가 좌우로 움직이기 시작한다. 확보한 시야 저쪽에서 온 글자를 확인하고, 문자를 입력하고 사진을 부화시킨다. 중얼거리듯, 허공 가득한 날갯짓 소리. 여기는, 여기는……. 오래전 전쟁영화에서 감이 좋지 않는 유선기로 아군과 끊어질 듯 이어지는 낮은 감도를 탓하며 태평양 건너 무한 거리로 생각했던 곳으로 나를 전송한다. 저녁에 보낸 문자를 아침에, 아침에 보낸 사진을 저녁에 시차를 달리하여 접수하는 먼 나라 지구 반대편에서 중얼거리듯 순간 이동하는 글자들, 오늘이 허공에 뚜껑을 덮고 있을 때 Y는 아침을 맞이하고 있다

슈하스코

Churrasco

적당하게 익힌 노릇노릇 살코기가 내 몸으로 들어올 때
그곳이 우리나라 아닌 달처럼 먼 나라라는 것을
사람 수보다 동물 수가 많다는
남미 아르헨티나, 브라질에서
오랜 시간 화목에 익힌 소고기, 양고기를
내 나라에서 상상할 수 없는 가격으로
치미추리(chimichurri) 소스를 찍어 입에 넣을 때
세상은 달콤하여 딴 세상임을 확인하게 한다
풀이 무성한 초원에서
지평선에 걸리는 해 뜸과 해 짐을
멍한 눈으로 바라보았을 선한 동물들의 모습은 간데없고
입꼬리 찢어지며 미소 짓게 만드는 달콤한 식탁에서
여행은 보는 것보다도
먹는 것이 더 중요한 것 아닐까라는
금강산도 식후경이라는 선인들의 말 떠올릴 때
점성술사 같은 식당 종업원은
하늘을 바라보던 눈으로 고기 부위를 설명한다
등심, 안심, 우둔, 앞다리, 치맛살
이것은 퍽퍽한 내장 중 간
김치 한 쪽 덧붙여 먹으면 더 맛있을 것 같은
아무래도 나는 나는 아시아 한국 사람임을
김치 없어도 맛 좋은 먼 나라의 별미 슈하스코

리우데자네이루에 마침표를 붙이다

마침표처럼 작고 멀어서 저쪽으로 밀어놓았던 도시다
21세기가 시작되기 10여 년 전
나는 브라질에서 철광석을 싣고 왔다는 화물선 포항호에서
브라질산 소고기 스테이크를 먹은 적이 있다
열두 살 국민학교 아이들과 같이 갔던 자리였다
일제강점기 잔재 청산으로 국민학교 명칭이
초등학교로 바뀐 것은 한참 후 1996년이었고
세계화란 단어가 봇물처럼 쏟아지면서
포항제철 이름이 포스코로 바뀐 것은 2002년이었다
은퇴한 포스코 직원이
브라질 자회사로 재취업하였다는 연락을 받으며
리우데자네이루는 가까워 보였다
세계 3대 미항이라는 리우의 소식은
사순절 전 삼바 축제가 치러질 때
현란한 춤을 추는 무희들의 몸동작으로 전해졌다
독하게 맘먹고 한 살이라도 젊었을 때 찾은 남미 여행에서도
제일 마지막으로 들른 리우데자네이루
코르코바도 언덕 예수상을 배경으로 일행들과 사진을 찍고
다른 일정으로 일행 미리 떠난 리우데자네이루에서
길이 800미터 텅 빈 삼바 축제장을 보며
머릿속은 삼바 쇼 현장으로 이어졌고
나는 사순절 금육도 멀리 있지 않음에 서러웠다

그날 늦은 밤 낯선 경유지를 거쳐
우리말을 맘껏 할 수 있는 한국으로 가기 전
리우데자네이루 시내에 남기는 발자국 한 발 한 발
마침표를 찍는 느낌이었다
그 마침표 뒤 새롭게 이어지는 문장들이
셀라롱 계단(escadaria selaron)에 붙이는 타일처럼
삶의 계단을 화려하게 만들고 있었다

듬성

가는 길은 멀고 멀었지만 가까웠다
천년 이상의 역사를 되돌아보며
핵심만 정리하며 이야기하고 기억하듯
듬성듬성 물을 마시며 가야 하는 길이었다
시간으로 쌓은 듬성이란 성이었다
페루, 볼리비아, 칠레, 아르헨티나, 브라질
그것도 몇몇 관광지였지만
나를 바라보는 많은 사람들은
남아메리카 전부로 생각하기 일쑤였다
상상이 현실이 되는 그곳에서
현실이 더 큰 상상을 갖게 하는 그곳에서
목이 타는 사색의 시간 위에
종종 그리운 사람의 모습도 떠올렸다
듬성이란 성채가 견고해지고 단단해지는
멀고 먼 남미
높이 쌓은 압축된 시간들이
뻥튀기 기계 안에서
뻥! 뻥! 뻥!
무지개를 바라보는 꿈같은 시간이었다
불꽃처럼 환한 듬성이었다

낯선 여행지의 몸무게

낯선 여행지에서

다시 가야 할 곳이 그들의 몸무게라고

몸무게라고 소곤소곤 말을 거네